KB075050

바람의 책력

바람의 책력

이심훈 시집

충청도에는 오래전부터 시절이라는 말이 있었다. 시와 때를 제대로 구분하지 못하여 상황이나 도리에 맞지 않게 말하거나 처신하는 경우를 일컫는 말이다.

사람들은 오랫동안 절기와 함께 하늘과 땅의 이치를 궁리하고 순응하며 살았다. 절기와 관계없이 꽃 피고 열매 맺어 물질의 풍요를 누리면서 정신의 빈곤을 초래하였다.

빠름과 효율을 추구하는 디지털 문명은 자연의 질서에 혼돈을 불러들였다. 시는 절기를 잊어 시절이 되지 않도록 아날로그 감성으로 현상에 다가서는 촉수가 될 것이다.

절기와 오감으로 소통하는 삶은 느림과 기다림의 다소곳한 서정의 자태이면 좋겠다. 문명의 소용돌이에 휩쓸려 받은 상흔의 순화와 치유도 절기와 소통하는 서정의 몫일 것이다.

― 2018년 가을

이심훈

차 례

● 시인의 말

제1부 쓴맛의 내력

제1부

쓴맛의 내력

자리

잘 익은 열매들은
높은 곳에서 낮은 곳으로
소리 소문 없이 내려앉는다.

다람쥐도 모르게 굴러가
가랑잎 덮고 고즈넉이 은둔한
상수리의 평화로운 자리바꿈.

실하게 여문 생각들은
더더구나 모나지 않아
마음 둔 자리 싹을 틔운다.

쓴맛의 내력

오랜 가뭄을 견딘 오이는 쓰다.
묵정밭 귀퉁이서 자란 개똥참외도 쓰다.
덩굴손으로 하늘 자락 움킨 오이덩굴이나
배를 땅에 대고 기는 오체투지 참외덩굴로
한해살이 목마름에서 우러난 쓴맛의 깊이
꼭지로 갈수록 더 쓰거운 공력이 되었다.

입맛 쓰기로 소태 씹는 맛이라더니
오이가 알고 꼭지에 쓴맛 몰아두었다.
개똥참외가 배꼽에 쓴맛 뭉쳐두었다.
삼복 불볕바라기에 축 처진 꼬락서니로도
구시렁거림 없는 푸새 것들 굳은 심지다.

쓴맛 좀 볼래? 함부로 말하지 마세요.
쓴맛 본 이야말로 말을 삼키거든요.
제 몸 쥐어짜 절로 고인 쓴맛의 내력
헛바닥도 이내 감당하기 어려워
깊숙한 안쪽 부위에서 감지하잖아요.

14

가뭄 끝자락 오이는 곱사등이다.
배꼽만 큼지막한 봉탱이 참외*다.
하늘바라기 농투성이로 굽은 등짝에
씨앗 몇 톨 품은 쓴맛 다 본 생의 간극이
다리 뻗고 누울 수 없는 형상이 되어버린
오이, 참외 단물이 쓴맛이 되기까지
지난한 내력이 쓰디쓰게 고였다.

* 봉탱이 참외 : 조막만 한 개똥참외.

소리굽쇠

한 칸 디디기엔 배고
두 칸 디디기엔 성글어
망설이다 한 칸씩 간다.
철길마을* 평행의 궤로를
함께 걸어본 이는 알 거야.

너를 두드렸는데 왜
내 가슴이 울리냐고
소리굽쇠 다그치지 마.
왜 우느냐고 묻기 전에
그냥 함께 울어주면 돼.

누군가와 함께 간다는 것
진동수도 닮아가는 소리굽쇠
걸음나비 조금 다르더라도
눈치껏 간섭하는 맥놀이로
그냥 함께 걸어가다 보면
종착역에 이르는 기찻길이야.

동행은 다소곳한 기다림이다.

앞서거니 뒤서거니 맞물리거나

어릴 적 걸음마로 되돌아가서

따라 걷기엔 갑갑하고

앞지르기엔 넉넉잖아도

머뭇대다 따라 걷는 것.

* 군산시 경암동 철길마을.

거지반

애지중지 키운 열매 거지반 떨구었네.
태풍이 흔들고 갔다면 그러려니 하지.
오랜 가뭄 끝자락 바람도 없는 날 잡아
곁뿌리도 우듬지도 땅강아지도 모르게
맨바닥에 널브러진 덜 여문 햇살뭉치들
거지반은 떨어트리느라 온몸 떨어댄 나무

털어야 할 것들을 그득 짊어지고
일상의 과원을 오고 가는 날에 본다.
멀쩡한 열매들 거지반 떨구어야 했던
고개 숙인 나무 보기 안쓰러워라.
가다가 돌아보니 면구스러워라.

애지중지 키운 열매 떨구어버렸어도
고만고만한 것 거지반은 남아 있는 사연
지나는 바람이 물어도 아무 일 없다는 듯
몇 마디 언어 삼키며 도리질하면 그만
안개도 못 본 척 스쳐 지나가기만 한다.

거지반 떨군 나무는

거지반 남긴 나무는

더 깊게 생각의 뿌리를 내린다.

홀로 서 있는 시간의 크레바스로

잔등 보굿딱지 저절로 갈라진다.

길

밤새 싸락눈 내린 겨울 뒷동산
산책로에 여러 길이 뒤섞여 있다.
짐승이 다닌 곳은 짐승의 길이 생기고
사람이 다닌 곳은 사람의 길이 생겼다.

짐승의 길은 짐승의 흔적이 남고
사람의 길엔 사람의 자취가 남았다.

짐승마다 딛고 간 발자국이 다르듯
사람마다 딛고 간 발자국도 다르다.

간혹 짐승의 길과 사람의 길이 뒤섞인
갈림길에는 이도저도 아닌 길이 보인다.

눈 내리기 전에 디딘 무수한 길에 대하여
기억하지 못하는 맘속 길도 여러 갈래라
눈 내린 새벽에 설핏 보였다 사라지는
망설이다 왔던 길 되짚어가는 발자국들

짐승의 길은 오르막이 힘겨워 보이고
사람의 길은 내리막이 버거워 보인다.

블랙 아이스

에드바르 뭉크의 절규로 다가오는
가로등이 안개 속에서 졸고 있다.
모든 사유의 속도를 줄여야 한다.
전방을 주시하고 인위적으로 코팅된
반짝이는 표면 현상에 대해 의심하라.
학습된 모든 기억의 장치에 대하여

블랙 아이스 ,
다가서는 마음에 급제동을 걸거나
동공의 방향을 함부로 전환하지 마.
조용히 미끄럼질로 다가서는 만큼
받아들이는 시공이 존재할 것이다.

분명한 것은 미끄러지는 방향으로
마음이 미끄러지도록 조향장치를
천천히 조작해야 한다는 것인데
미끄러지는 방향으로 핸들 틀기가
눈앞에서 인정하기 쉽지 않은 것이다.

블랙 아이스,

눈속임 현상은 대개 위태롭다.

코팅된 마음속을 엿보기 만만찮다.

의식은 미끄러지는 방향을 학습했지만

무의식은 반대 방향으로 미끄럼질하여

자신도 모르는 새 가는 세월 어딘가에

못 이룬 풋사랑으로 고인 블랙 아이스.

떠도는 말

떠도는 말이 꽃을 시새워
뜬금없이 꽃샘을 불러들였다.
내뱉은 말의 독이 품은 냉기로
피기도 전에 지는 꽃도 있다.

주접스런 뒷모습 보이기 싫어
가장 화려할 때 꽃차례 통째로
첩첩 접은 입술 떨구는 동백꽃
끝내 곁을 주지 않고 떨어져 버리는
동백이 지고 난 꽃자리에
붉은 말이 고인다.

증식하는 말이 진눈깨비 속설로 파다한
기억의 집적에 들러붙은 살얼음 무게에도
산산이 눈동자 흩트려버린 목련꽃
결코 곁을 주지 않고 날아가 버리는
목련이 지고 난 꽃자리에
하얀 말이 고인다.

뱉은 말이 부메랑으로 되돌아와
의식의 천장에 을씨년스런 박쥐로
덕지덕지 들러붙어 덧난 꽃샘이야.
일찍 져버린 꽃자리 면구스러워
햇살은 자꾸만 헛바늘로 돋는.

망각의 형식

습생은 *끈끈하게* 연결된 한통속이라
마름, 물옥잠 생각의 *끄나풀*들이 얽힌
기억의 늪지대에는 쉬이 잊히는 게 없어요.
상황이라는 안개가 *끄물끄물* 밀려올 때마다
침잠과 부상을 거듭하며 제멋대로 흘러가다가
더 낮은 어딘가에 구무럭구무럭 고여 있거든요.

망각의 늪지대에 첩첩 엉킨 군락 보세요.
개구리밥, 생이가래 촘촘히 덮은 수면 아래
장구애비, 물자라로 꼼지락거리는 시공이란
유혈목이 수면에 미끄러지듯 스쳐 지나가
늪에서는 하루아침에 걷어낼 재간이 없다니까요.

어제와 오늘의 경계도 없이 우거진 자라풀
가장자리에서는 웃자라버린 관념의 촉수로
고마리들 초롱초롱 망각의 꽃을 피웠군요.
글쎄, 잊히는 것은 영원히 없다니까요.
기억의 토담을 허물며 잊으려고 애쓸 뿐.

뿌리쳐도 발목을 부여잡는 갈풀, 사초, 질경이들
기억의 생장점들이 제멋대로 발육하여 뒤엉킨
늪에선 에빙하우스의 망각곡선도 침잠해버려
물길 따라 흘러가 돌아오지 말아야 할 것들이
의식의 거미줄에 는적는적 고여 늪이라니까요.
안개는 물푸레나무 사이로 피어올라 번지는데
의식은 어느새 돌미나리로 수북이 자라니까요.

사랑한다 말하고 싶어 고여 들었지만
그대 이미 멀리 흘러가 버려 늪이라니까요.
삶의 두터운 더께도 통째로 가라앉는 게 없이
한곳을 구르면 왼 곳이 다 흔들리는 늪에서는
묵은 서러움도 이따금씩 고였다가
망각의 강으로 조금씩만 흘러가요.

염낭거미류

달빛 조요한 서른세 집 동네에는
염낭거미 억새 잎에 새끼치고 나간 듯
빈집 여남은 채 그러려니 웅크리고 있다.
웃자란 풀숲에 묻혀 가늠하지 못한 몇 집은
부엉이가 고개 주억거리며 헤아리고 있다.
남새 키우던 묵정밭에는 풀벌레들의 향연만.

염낭거미류는 풀잎을 말아 주머니 둥지를 지어요. 애거
미가 부화하면 어미는 기꺼이 제 몸을 먹이로 내준다지요.
어미 체액 잘 빨아먹고 자란 새끼일수록 사방천지 천적을
피해 제 갈 길을 찾아간다나요.

자식들 키워 객지로 훌훌 떠나보내고
문지방 안에 염낭거미 껍데기로 남아
찬바람만 휘돌아 나오는 동네에 무슨
별빛들은 이다지 처연하게 초롱거리는지
지난한 삶의 중천을 획으로 가로지르며
먼저 간 이 무덤 곁에 떨어지는 별똥별.

염낭 하나쯤 괴춤에 달고 살았던 전설이지요. 눈에 넣어도 아프지 않은 것들을 고이 간직하던 염낭. 집거미들은 무엇인가 돌돌 말아 낡은 벽모서리에 걸어놓았네요. 살던 이내음 그리워 돼지우리 터에 저절로 자란 샛노란 뚱딴지 꽃들만.

독거 獨居

관사에서 홀로 사는데 아니,
등때기 재물조사표가 붙어 있는 거울과
일없이 어릿거리는 그림자와 함께 사는데
여기저기 박힌 못들도 독거 중이다.
살던 주인 떠나 붙잡아 둘 의미마저 철거된 이후
더 견고해진 못대가리가 현상을 고정시키고 있다.

아무리 험하게 뒤척이며 자도
한 평을 벗어나지 못하는 잠자리예요.
어둠의 고요를 당겨 덮고 잠들었다가
여명의 알몸을 살포시 헤집고 눈 뜨면
흔해 빠진 시계들이 건전지 여력만큼
빛바랜 시간의 비늘들로 부스럭대요.

나비 한 마리가 베란다에 날아들었어요.
언제인지 모르는 의식의 그늘막 속으로
바깥세상 이야기를 솜털에 묻혀 왔어요.
유리창에 부스대며 나래를 나풀거려도

안팎이 다 보이는 길이 더 고단하군요.

목련이 피었던 기억 되짚어 지는 봄

모두 소풍 간 듯 허허로운 주말 한낮

방충망을 열어놓고 오래 기다리고 있는

먼발치로 바라보는 풍광이 한갓지군요.

박쥐

누구 탓할 새도 없이 혀를 깨물었어요.
좁은 입안에서도 연신 기회를 엿보며
간섭할 곳 안 할 곳 헤집고 돌아다니던
건방지고 서두르는 말을 깨물었어요.
밥과 말의 경계가 애매모호하게 뒤섞여
지난번 깨문 혀를 연거푸 깨물었어요.

밥을 먹으며 선거유세방송을 보다가
어이없이 난무하는 생각을 깨물었어요.
미세먼지로 떠도는 유세를 깨물었어요.
어디까지가 말이고 어디까지가 혀인지
씹히지 않은 위선들이 목구멍에 걸려서
날짐승 길짐승 되는 경계를 깨물었어요.

헛된 생각의 의뭉스런 덩어리로 붙어
입을 열면 박쥐 떼로 화들짝 날아가서
사탕발림에 떠도는 못마땅한 헛바닥
시건방진 말이 가끔 혀를 깨물게 해요.

이 별에는 요즈음 밥을 먹다가 혀를
깨무는 사람들이 늘어나고 있대요.
피 섞인 밥을 먹으며 뉴스를 보고
화를 내고 싶지만 대상을 모르겠어요.
다 하지 못한 말들이 핏덩이로 엉겨
입천장에 는적는적 박쥐로 들러붙어.

필라멘트 알전구

알몸에 민낯이 면구스러우면 애당초
바람 가운데 매달리지도 않았다는 듯
빈집 헛부엌을 지키는 필라멘트 알전구
세상을 밝혀주는 빛이란 것들도
관심에서 우러난다는 듯 당당하다.

쇠죽솥에 맹물을 붓고 헛불을 때는
빈집에도 전기가 들어오는 것은
빈집에 거미줄 많은 것이나 다름없다.
빈집 푸새 것에 베짱이 깃드는 것은
빈집에 달빛이 새어드는 것이나 진배없다.

스위치를 켜자 금방 벌게지면서
오래 묵은 감정까지 함께 달아오른다.
어디 갔다 이제 오느냐고 역정 내시는
거나하신 아버지 흑백사진이 걸어와서
외투에 수북이 내린 싸락눈을 털어도
웃자란 거미줄에 얽힌 세월은 묵묵부답

나선으로 꼬인 속 다 드러내놓고

바람 한 점 없어도 절로 흔들리는 것은

그을음 시커멓게 낀 전선에 흐르는

묵은 사연들마다 불이 들어오기 때문이다.

심우도尋牛圖

물 한 모금 얻어 마시려고
백담사 극락보전 뒤란 샘에서
걸음을 멈추게 한 벽화 심우도
소를 끌고 왔는데 고삐만 쥔
빈손에 햇살 조요히 내려앉는
그 사이 바가지에 물이 찼네.

소를 찾아 고삐 들고 왔어요.
발자국 따라 다다른 마음 골짜기
한가로이 풀을 뜯는 소를 찾았네.
소의 형상은 실체인가 양태인가 몰라
단단히 붙잡아도 샛가지 돋는 사유들
코뚜레 뚫어 거울 앞에 붙잡아두라고
타이르고 구슬리며 집에 돌아와 보니
소는 간데없고 손금만 허허로워라.
고삐마저 삭으면 어차피 빈 손바닥
집 나간 마음 돌아와 바랑 채우거든
산 아래로 내려가 한 줌씩 쥐어주는

바람 한 움큼 들이마시고
말하려고 숨을 고르다가
나도 모르게 내뱉고 후회한다.
말릴 사이도 없이 튀어나오는
고삐 풀려 내닫는 말의 회오리
내 안에 어떤 주책이 들어앉아
고삐 풀린 소처럼 자발없어지는
바람 부는 날 가랑잎 모아 봐라.
덩그런 한 말목에 빈 고삐만 남지.

보이긴 보이는데 길이 없구나.
백담사 찻집 민유리창에 붙어
한나절 붕붕대는 꽃등에.

집으로 가는 길

바람 불어 박주가리 씨앗들
먼 여행 뜨는 늦가을 저물녘
늘 가던 발길 따라 별생각 없이
집으로 가는 길이 간혹 뒤엉킨다.

출퇴근으로 오간 흔해빠진 날들
스쳐 지나간 무던한 이 길 아니면
산새 집으로 가는 해 넘는 보랏빛
땅거미와 함께 어디로 가야 하나.
공터에 제멋대로 핀 코스모스들
프로펠러 돌려 화르르 날아오르는데
바람 부는 이 저물녘 어디로 가야 하나.
박주가리 꽃말은 먼 여행이라는데.

남모르게 들를 곳 있는 것도 아닌데
그냥 가자니 섭섭해 굼뜬 걸음걸이로
마음속 탕자도 구시렁거리며 따라와서
망설일수록 얽히고설키는 집으로 가는 길

다시 바람 불어 박주가리 씨앗들
멋대로 날아가는 뒷모습도 보이지 않는
황혼녘 작심한 적 없이 발길 가는 대로
내버려둬도 저절로 집으로 가는 길.

섣달그믐

고드름 치렁대는 추녀 밑에서
겨우내 바싹 마른 장작이라고
눈물마저 말라버린 건 아니었네.
차곡차곡 쌓인 세월 더미 틈새에서
생각마저 졸아붙은 것도 아니었네.

별빛도 일찍 삭는 섣달그믐
묵은 사랑채 헛부엌에 홀로 주저앉아
불티로 삭는 한 해와 함께 군불을 땐다.
누군가 쪼그려 앉아 등때기 시릴 때
누군가 엉덩이 따뜻해야 일가붙이라
바람이 말려 놓은 한 해 몫의 책력
마지막 달 마지막 날로 불사른다.

베어지고 쪼개진 한갓 장작개비로
생을 마친 하찮은 것이라 여겼는데
좋은 세상 오면 벙싯벙싯 꽃피우려고
수액 몇 방울 남겨두었더란 말이더라.

부뚜막 언저리까지만 날아와서
쌓일 듯 말 듯 제풀에 되돌아서는
함박눈 퍼져 내리는 섣달그믐
장작에서 한 줌 재로 남을 때까지
꽃피던 계절 사랑하던 일보다
보내야 하는 일이 먹먹하기만 해
지글거리는 수액의 마지막 하소연이
승천하고 남은 언어의 숯검댕이.

조개구이집 풍경

24시간 문을 여는 조개구이집 아침
밤새 뱉은 말들이 골목에 서성거려
늦도록 잠들지 못한 길고양이는
교회 담벼락에 기도하듯 웅크렸다.
채 꺼지지 않은 십자가 네온 불빛들이
하늘을 네 조각으로 등분하고 있다.
허연 흰자위 치뜨고 잠혀버린 달이
등분할 된 길섶 붙박이 배경이거나

파라솔 주변에는 수북한 조개무지
밤으론 무리에 섞여 홀로 조개를 캐 먹고
사라지는 족속이 늘어나면서
시부렁거린 방언들이 조개껍질로 수북하여
취한다는 것. 생각의 혀가 말려가는 것
얼마나 많은 말의 헛바닥들이 목말랐을까.
술에 절어 돌돌 말린 혀들이 불가사리로
스멀대며 뱉은 말 사이를 배회하는 아침
햇살은 아무 데나 대고 토악질을 해댄다.

파라솔 주변 나신으로 뒹구는 소주병에서
헝클어진 아이들이 기어 나오는군요.
담배꽁초도 몇 가닥 늦잠 들어 있어요.
채 빠져나오지 못한 연기들이
실비단 안개로 자욱한 길을
부산스럽게 출근하는 사람들과.

물

싱겁기가 맹물 같은 하다가
어디로 흘러가든 그림자가 따라붙지 않아
얼마나 홀가분할까. 물을 생각한다.

생겨먹은 모양 따라 모여드는 물
장애물 만나면 먼저 도달한 물방울들이
나중에 올 물방울을 다소곳이 기다린다.
물방울들은 서로 손잡고 물길을 이어가며
어느 물방울도 서둘러 장애를 넘지 않는다.

멀리 흘러가 강에 이르고 싶었으나
에둘러 가는 법을 배우지 못했네.
들러붙은 그림자도 없이
흘러가 돌아오지 않고 싶었으나
낮게 스며드는 법을 배우지 못했네.
스멀대는 물안개의 속삭임으로
사랑하고 싶었으나
부드럽게 안아주는 법을 배우지 못했네.

먼저 온 물이 우묵하게 괸 시간을
그리움 자락이라 불러도 괜찮다면
그리움은 흘러가다 고이는 것이다.
기어코 장애물을 넘어가는 것이다.
어르고 아우르느라 구불구불하게
사랑도 흘러가다 고이는 것이다.

시인

시력이 쇠잔하여
나무 잔등 보굿 쓰다듬어
가늠하고 바라본다.
이명이 요란하여
펄럭이는 나뭇잎의
입술을 바라보고 가름한다.

썩어 문드러진 감자의
나신을 주무르며 짐작한다.
두엄자리에 삭힌 홍어의
지느러미로 혀를 날름거린다.
개암 나뭇잎에 후둑거리는
빗방울 소리에 소름이 돋는다.

속도와 효율의 소용돌이 속에서
오감은 날아가 버리고 육감만 남은
멸종 직전 보호 동물인 줄도 모르고
음유하는 갈대이도록 내버려 두소서.

언어의 균열된 틈새에 발을 밀어 넣고
출발하려는 지하철 문이 열리게 할 만용을.
따가운 눈초리들이 이방인에게 쏠리게 하는
현상의 똥물 한 바가지 뒤집어쓴 태연함을.
존재를 잊어버리고 선로를 따라 질주하며
꽁무니만 남기고 어두운 터널로 사라져
다시는 돌아오지 않을 희망의 잔상을.

나와 또 다른 내가 공모하도록
한 번만 눈감아 주세요.
안개비여.
서성이는 주변 것들과 혼음하도록
한 번만 못 본 척해주세요.
바람이여.

제2부

바람의 책력

봄동
— 입춘

삭풍보다 꽃샘바람이 더 시리다.
한데서 즘 다 보낸 밭이랑 봄동
바람 에일수록 더 낮게 엎드러져서
배밀이로 기면서 맞이하는 입춘

버려지기보다 잊히는 게 더 아리다고
망각의 창을 두드려 깨우던 눈보라도
기억의 우듬지 수액으로 오르는 해빙기

시새워 몽니 부리며 지나는 꽃샘아.
봄동 속살 함부로 헤집어대지 마라.
계절의 누렁잎 너덜거리는 삭신으로
장다리꽃대 품어 밀어 올리고 있잖니.

바람의 책력

― 우수

모로 누웠거나 물구나무섰거나
하늘 쪽으로 자란 연노랑 무 싹
곰살궂은 바람이 겨우내 따리 튼
무구덩이 속에서도 돌던 초침이다.

은둔한 시간에서 싹을 밀어 올리고
생장점 근처 수염뿌리 몇 가닥 키워

웃자란 싹만큼 푸석하게
바람 든 무에게서 본다.
아흔다섯 어머니 삭신에
숭숭 들어버린 바람의 책력.

가지치기
— 경칩

삭정이 떨군 턱밑으로
조롱조롱 꽃눈 엉기더라.
가지치기한 근방에서
몽올몽올 봉오리 터지더라.

바람새만 설핏 바뀌는가 싶으면
일없이 돋아나는 상념의 헛가지

그리운 마음 한 가닥
매몰차게 잘라버리고
보듬은 생채기 언저리
실한 열매 자리 잡더라.

산수유 필 무렵

― 춘분

산속 겨우살이 지난하여
터럭마저 야윈 산새 무게에도
잘랑거리는 나뭇가지 끄트머리
벙싯벙싯 옹알이하는 꽃봉오리

새들은 뼛속까지 비워 겨울을 난다.
깃털 속 무게도 덜은 인도기러기는
바람의 말씀으로 히말라야를 넘는다.

보굿 에이는 겨울 산바람 아우르며
나이테 한 겹 아로새긴 나목들이다.
산비알 음지까지 에둘러 치대면서
산수유꽃물 우련하게 번져 오시네.

씨감자
― 청명

살던 이 모두 떠난 빈집이다.
시렁에 덩그런 뒤웅박 속이다.
대물림하던 씨앗들 내력이 피어올라
바람은 빈 마당에 회오리 밭을 일군다.

장마당에 흔해빠진 비닐 포터마다
모종들 넘쳐도 뒤웅박 속 같지 않아
고자 씨앗이라 생각이 여물지 않는다.

살던 이 다시 오지 않아 빈집이다.
살뜰하던 살림마당 부엌토광 바닥
겨우내 죽지 기대 훈김 도란거리며
감자 씨눈 말씀만 절로 돋아나는데.

원근법

― 곡우

허기져 등짝 굽었지 싶으면
모래 몇 줌 살포시 얹어주고
배불러 괴춤 거북스레 보이면
흙 몇 덩이 열없이 덜어내면서

구불구불 휘돌아 기슭에서 얽히고
느릿느릿 적시는 속 깊은 습성으로
긴 세월 함께 울어대서 강이다.

서둘러 가지 않아야
뒷짐 지고 먼발치 물러서야
비로소 보이는 멀고 가까움
오래도록 못 떠나고 흐르는 동행.

쑥개떡
― 입하

쑥개떡, 보리개떡, 겨개떡
가난으로 간 본 개자 든 반대기
소쩍새 솥타솥다 울면 흉년 들고
솥적다솥적다 울면 풍년 든댔지.

새로 장만해도 비좁기만 한 냉장고
처연했던 허기들 다 어디로 가셨나.

보릿고개 넘어 먼 길 떠나신
흔해빠진 개자 같은 울 할머니
쑥개떡 한 뭉탱이 베어 물면은
아슴푸레 번지는 할머니 내음.

미나리꽝

허드렛물 개숫물 다 흘러드는
집터서리 수챗구멍 아래 미나리꽝
이 집 저 집 근심걱정 다 흘러들어도
어깨동무 씨동무 미나리 밭에 앉더니

향기는 낮은 곳 마다하지 않고요.
해독력은 관념의 진구렁에 고여
배를 대고 기는 삶으로 우러나요.

꼬이고, 틀어지고, 속 터지는 세상일
찰거머리로 들러붙는 고된 살림살이
도랑에 한두 뿌리 흘러들어 잡은 터에
동무동무 씨동무 보리가 나도록 씨동무.

새참
 — 망종

우리 동네 양지빌라 할아버지
시멘트 바닥에 흙 돋워 채전 일군다.
잔돌맹이 주워 밭두둑 가다루다 보면
도시 귀퉁이 주름이랑 바람이 새기네.

이랑을 추스르면 고랑이 따라나서듯
일참마다 손차양으로 쳐다보는 고향 하늘

엊그제 내린 는개 씨 뿌렸나 봐.
상추, 쑥갓에 저절로 난 나승개
때 되면 돋아나는 봄나물 길섶으로
할머니 주름고랑에 새참 내오시네.

미끄럼질
— 하지

긴긴 하지 땡볕 아랑곳없이
조무래기들이 미끄럼질한다.
줄 서서 순서 기다려야 해요.
한 계단씩 디디며 올라가지요.

꼬리를 물고 쭈르르 내려왔다가
망설이거나 머뭇거릴 새도 없이
되돌아가 줄 서는 바람의 뒷모습

미끄럼질도 한순간이라는 걸
일학년 애들도 알고 있나 봐.
어른이 되면서 까맣게 잊혀진
너나없이 차례차례 미끄럼질.

잡초
— 소서

애초에 잡초라는 풀이름 없어요.
제비꽃, 물양지꽃, 봄맞이꽃
화단에 뿌리내리면 화초라 하고
채전에 터 잡으면 잡초라 하대요.

매무새 꾸미고 다듬은 적 없어요.
바람이 가다루고 햇살이 어루만진

애기똥풀, 개불알풀, 닭의장풀
밭두렁 논두렁 제풀에 흐드러진
디딘 곳마다 뿌리내린 풀꽃으로
흔해빠진 이름 하나 달고 나와요.

부채
— 대서

실외기 촘촘하게 늘어선 골목길
더운 바람이 종아리에 휘감겨오네요.
누군가 시원하기 위해 누군가 감내하는
열기에 가속도가 붙은 길은 길로 이어져

선풍기 바람도 더위와 섞이는 단계가 있고
에어컨 냉기도 열기와 맞서는 경계가 있는데

강풍 아니면 냉방으로 치달으며
너나없이 뜨거운 바람 내보내기만 하는
못 미덥고 불공평한 가속도 구조에서도
바람의 결도 나누어 주는 대오리 부채.

싹수
— 입추

지난 계절 서운한 마음으로
늦도록 뒤척여 잠 못 이뤘거든
가녀린 떡잎으로 흙 가슴 헤집고
아침 햇살에 팔 벌린 무 싹을 봐요.

허공 떠돌던 되지 못한 말의 가시에
영문도 모르고 할퀸 상처 들쑤시거든

간밤 밭이랑 누비던 땅강아지도
감쪽같이 모르게 오르르 일어서
흙덩이 들고 대신 벌서는 싹수
될성부른 말씀에 귀 기울여 봐요.

말더듬이
— 처서

보지 않아도 알 수 있다니까요.
귀뚜라미 섬돌 언저리에 와서
할 말 있다는 듯 서성거리면서
또르르 말 더듬다 돌아서는 모습

토방 언저리까지만 다가왔다가
어줍어 살포시 돌아서는 달빛

듣지 않아도 알 수 있다니까요.
전화 한 통 메일 한 줄 없어도
서운한 맘 들지 않는다면서도
달무리 근방 오래 서성대는 뒤태.

강아지풀
― 백로

멀리서도 다 들여다봤나 봐.
갈바람에 싱숭생숭한 속내
찬 이슬 쐬어 푸석거릴 때
꿈자리 사납다고 전화하신다.

생각 말간 눈으로만 보일 거야.
이슬 속에서 새우잠 자고 있는
절기 너머로 이울어지는 언어들

어머니 품속에 내리던 밤이슬
강아지풀에 말갛게 엉겨 붙어서
자식 뒤통수 면경처럼 비추이다
객지 꿈자리 안개로 스며드나 봐.

달빛 우체국
— 추분

빨간 우체통 우두컨 한 달빛 우체국
장터 휘돌던 밤안개 한 오리 다가와
까치발 딛고 손 뻗어 가을 편지 넣고
돌아서는 뒷모습을 먼발치서 보았다.

몽당연필로 쓴 부치지 못한 편지
다시 써보라고 풀잎은 버스럭거리고

해거름부터 하소연하는 귀뚜라미 베짱이
길 뜨는 사연 날줄 씨줄 바큇살에 동여매
우련히 번지는 달무리 근방 가로질러 가는
늙은 우체부 자전거 먼발치서 쳐다보는.

소슬바람
― 한로

내버려 둬라. 햇살이여
발 시려 선뜻 빨랫줄
떠나지 못하는 고추잠자리
늦잠 자게 건들바람 말려라.

철없이 까불며 다투는 사이
소슬바람 새털구름 모으고

내버려 둬라. 노을이여
손 시려 언뜻 거미줄
살피지 못하는 호랑거미
단잠 들게 수숫대 다독여라.

비움에 대하여

― 상강

산새 떠나 낭창거리는 나뭇가지
제풀에 후두두둑 떨어진 도토리
설핏 숨어드는 산 자드락 외딴집
낮은 곳에 은둔한 이의 한가로움

잘 마른 가랑잎은
비운 잎맥 무게까지 다 보인다.

울타리 넘어 텅 빈 뜨락이다.
가마득한 허공에서 지상으로
가랑잎 수런대며 모여드는 거기
바람마저 마음 비워버린 자리다.

팡이실
— 입동

동짓달 메주 띄우는 내음이라니
짚자리에 깃드는 팡이무리 보았나요.
띄운다는 말, 그대 눈빛 닿을 때까지
마음 팡이실로 다가가는 일이랍니다.

바람 불어 새털구름 몰고
억새 씨앗들 훌훌히 가야 할 때.

김장철 젓국 달이는 내음이라니
구리터분한 속내 드러내 보았나요.
삭힌다는 말, 토굴 젓갈로 삭을 때까지
잊었다고 쉽게 말하지 않는 것이랍니다.

발자국
— 소설

눈 내린 새벽은 길이 없어요.
딛는 곳이 곧 길이 되니까요.
푹푹 빠지는 눈에 신발 젖을까봐
누군가 디딘 발자국 따라 걸어요.

몸뚱이 꼿꼿이 가누어서 걸어보고
마음 한 자락 가다듬고 바라보아도
먼저 간 발자국 따라 딛기 어려워라.

올곧고 예쁜 자국만 따라 걸으라고
애들에게 넌더리나게 잔소리했네요.
누군가 내 발자국 따라 걸을지 몰라
쭐밋대며 걸음마 하는 눈 쌓인 새벽길.

눈무지
— 대설

자고새면 쌓이는 상념의 정원
눈밭에 끄트머리만 삐져나온
마늘 싹 같은 그리움 두어 촉
들춰보면 어느 가슴엔들 없으랴.

사나흘 대설주의보 눈무지 속이라고
기억의 이삭마저 묻힌 건 아니라는 듯
망각의 숲에서 날것들은 사뭇 내린다.

저물어 산새도 집으로 가는 시간
눈벌에 잰걸음으로 종종거리다 간
산비둘기 발자국 닮은 생채기 몇 획
헤집으면 누구 가슴엔들 없으랴만.

죽

― 동지

죽이 아니면 밥이 되겠지
되는 대로 말하지 말아요.
한눈팔면 홀라당 넘어버리고
딴전 피우면 눌어붙는 동지팥죽

홀홀한 죽사발 장독대에 올려놓은
동짓달 비손하는 멀끔한 속가슴

죽이 되든지 밥이 되든지
쉽사리 말하지도 말아요.
안칠 때부터 이미 죽이고요.
잦힐 때부터 벌써 밥이거든요.

곁불

― 소한

소한 추위에서도 온기는
불길보다 그에게서 온다.
지나는 사람에게 이무럽게
곁을 주는 사람에게서 온다.

마주선 이 동공에서 피어나는
온기란 형상마저 나누는 것이다.

여명 공사판 드럼통 난로에
손 시려 발 시려 다가서서
얻어 쮄 불의 따사로움을
오래오래 기억하게 하소서.

샛강
— 대한

얼어붙은 땅속에 흐르던 말씀이다.
고무락고무락 솟아오르는 옹달샘
산모롱이 나지막하고도 오목한 곳
깨어 있어 얼지 않는 춤사위더니

굽이굽이 얼음장 밑으로
속내 감추며 흘러가던 개여울
그리움은 아무 데나 고이지 않더니

우련한 갓밝이 살얼음판으로 엉겼다.
물탕 튀기며 푸들거리는 가창오리들
날갯짓으로 밤의 장막 헤집어버리는
대한 추위에도 얼지 않는 몸짓이더니.

제3부

묵은 시인의 사회

간혹

상처도 나을 때가 되면
변방에서 중심으로 다가오는
가려움증의 잔해가 간혹 보인다.

새살 돋는 근지러움
스멀대는 자리 긁적거리다 보면
유련留連한 생채기 한 오라기
가슴팍에 자벌레로 기어가는
상처도 오래되면 망초 우거진 묵정밭
변방을 에두르는 흐리마리 달무리

상흔도 아물 때가 되면
중심에서 변방으로 멀어지는
그리움의 뒤태가 간혹 보인다.

버섯의 계절

처서 무렵 천둥번개 쳐대면서
땅이 울어야 버섯이 돋는다고
오이꽃, 능이, 송이, 싸리 이름도 별스런
땅속 깊이 잠들어 있던 버섯 팡이실들
하늘의 말씀이 깨워야 일어난다고

천둥이여, 잠든 팡이실 깨워다오.
눈물 흘리며 울어본 적 언제인지
오랜 가뭄 끝자락 메마른 가슴골에
백로 안개 오락가락 피어오르도록
파 싹 같은 그리움 삐져나오도록
슬픔의 팡이실을 일깨워다오.

눈물 마른 가슴팍은 버섯이 안 돋아
개금버섯, 낙엽버섯, 달걀버섯, 벚꽃버섯
땅속 깊이 잠들었던 눈물의 씨앗들을
숲의 촉촉한 눈빛이 아우르고
바람의 손길이 쓰다듬어야 일어나는

번개여,

막힌 눈물샘을 뚫어다오.

눈초리 째지게 보는 일상에서

어깻죽지 들먹이며 울어보는 날

가슴에 능이버섯 군락을 이루도록.

묵은 시인의 사회

더덕 향 그윽한 갈참나무 숲
오래 묵은 독사는 뭉툭하다.
축적한 독의 내공이 깊을수록
길고 가느다란 수식을 군시럽게
달고 다닐 필요가 없다는 뜻이다.

밀착 취재로 상대의 체온까지 탐닉한
날름거리는 혓바닥의 이중직관 구조

담백한 언어로 주변 빛깔과 융합해버려
보는 방향을 알 수 없는 허여멀끔한 응시

언제든 튀어나가 맹독을 뿜어낼 수 있는
떡갈나무 아래 똬리사린 상상의 언어들

상황에 따라
사르르 풀려나가는 은유

당겨진 시위로
바람을 모으는 독의 상징

쉬이 덧칠할 수 없는
꽃무늬에서 풍기는 환유

무덤덤한 시공마저 신화로 얽어
저만치서 해바라기하는 까치독사
산을 내려오다가 문득
뭉툭한 수사에 소름이 돋는다.

여태 눈을

땀 때문에 잠을 설친다.
깊은 밤 내 안에서 고인
땀방울이 뒷덜미에 흘러내려
쇠잔한 꿈자리에서 홀로 깬다.

선풍기가 그르렁그르렁
몸살기로 고개 갸웃거린다.
냉장고가 갸릉갸릉
해수천식으로 뒤척거린다.

땀이라고 다 같은 땀이 아냐.
주르르 흐르는 땀은 식은땀
말 못하고 허허로운 몸뚱이가
가위눌려 하소연하는 것이다.

바람이 몸에 경계를 긋는다.
선풍기 쪽 바람과 창문 쪽 열기가
는적는적 달라붙은 열대야의 경계

선풍기, 냉장고, 꿈자리
밤에 깨어 있는 것들은
어둠의 중심에 홀로 있다.

여보시오. 심봉사,
여태 눈을 못 뜨셨소.

틈새

섭씨 100도에서 물은 끓는다.
99도에서는 결코 끓지 않는다.
끓는 가슴 증기로 날아가거나
터지는 속내 낮은 곳으로 흘러든
절묘하게 절제된 물방울의 이중구조
때가 되어야 뽀글뽀글 끓어오르는
1도 차이 틈새에서의 승화

흔들리지 않고 이륙하겠는가.
날아오른다는 것,
삶의 무게만큼 흔들리는 것이다.
더 높이 올라가 불안의 창을 내다보라고

흔들리지 않고 착륙하겠는가.
내려앉는다는 것,
지나온 여정만큼 흔들리는 것이다.
고막을 열고 낮게 내려와 귀 기울이라고

날개 위아래에 다르게 흐르는 기류 틈새
터럭으로 바람의 언어를 정제하고
새들은 히말라야를 넘는다.
바람마저 함부로 넘보지 못하는
절제된 틈새에서 비상하고 낙하한다.

곁

형제자매 많던 집
비바람 치는 날이면
몫몫 우산이 없는 지난한 살림살이

갓 핀 광대버섯만 한 지우산을
누나와 함께 어깨 가지런히 쓰고
신작로 따라 걷던 시오리 등굣길
신발 젖는 것은 일도 아니야.

우산 함께 쓰고 온 애들
등짝 반쪽 다 젖었는데
젖지 않은 내 등짝이 이상했던
그때는 철부지 1학년이었어요.

함께 우산 쓰고 길을 간다는 것
반쪽이 젖어도 괜찮은 누구에게
곁을 내줄 수 있는 뜻이라는 걸
선생님도 가르치지 않아 몰랐어요.

한 사람 반쪽 젖지 않게 하려고
한 사람 반쪽은 비바람에 내놓은
오랜 시간 지난 후 어렴풋이 보이는
등때기 반쪽 흠뻑 젖은 흑백사진 한 컷.

여지

오백 원 넣으면
오백 원어치 나온다.
지하철역 우두커니 선 자판기
한 푼 에누리 없는 일상이라
양보나 배려 여지없어라.

눈에는 눈 이에는 이
받은 대로 주면 된다는 듯
노선 따라 돌면 된다는 듯

나무뿌리들 아래 어두침침한
역 걸상에 누구신가 두고 간
신문 행간 타고 열차는 오가고

활자보다 사람들이 더 많은
숫내 나는 선로 평행선에서
수족관 전어 떼처럼 일제히
방향을 틀어서 가는 환승역이야.

천 원 들이밀면

천 원짜리 떨어진다.

행인들 틈새 어정쩡한 자판기

한 줌 덤도 없이 날 선 세상이라

한 마디 흥정이나 타협 여지없어라.

꽃말

꽃을 에두른 달무리 향기의 형상을
서슴없이 꽃무리라 불러도 괜찮을
꽃말에는 꽃그늘 내음이 배어 있다.
냉이 봄색시, 씀바귀 순박함이라니
세월의 이랑 가난의 고랑 넘나들며
산모롱이 나물 캐던 누이 민낯이다.

습성으로 밴 수수꽃다리 꽃말 우애로
일찌감치 방직공장 맨바닥에 뿌리내린
척박하고 낮은 곳에 서성이며 피고 진
민들레 꽃말 행복이란 억지라는 것을

우물가 진고랑에 애섧게 핀 미나리
달빛이 이름 지은 꽃말 고결이라니
보릿고개 재빼기처럼 굽은 등허리
머리칼 허옇게 센 어머니 꽃무리다.
빨랫방망이 두드리며 곱씹어 되새긴
허드렛물 흘러든 마음 밭 미나리꽝

함께 불러줘야 꽃말이다.

달래, 냉이, 씀바귀, 보리뱅이 꽃술마다

이고 진 벌 나비로 고달팠던 그이들

봄나물 꽃의 형상이 품는 향기를

너나없이 기억해야 꽃말이다.

흔적

책 모서리 살포시 접어
책갈피 삼고 간 그이는
서가까지만 왔다 돌아서는
늦가을 하오의 햇살일 것이다.
기억의 모서리로 접힌 자리가
오래 묵은 흠집으로 남아 있는

책 모서리 함부로 접어 마세요.
기억이란 타인의 흔적으로 남아
쉬이 돌아와 되물을 수 없잖아요.
그때 그 시간의 귀퉁이를
왜 그렇게 살포시 접어놓았는지.

행간에 맘대로 밑줄 긋지 마세요.
망각이란 타인의 잔영으로 남아
쉬이 돌아와 되돌릴 수 없잖아요.
그때 그 공간의 개자리를
왜 그렇게 애써 밑줄 그었는지.

책에 새겨진 타인의 흔적이라도
때로는 못 본 척 그냥 넘어가세요.
누군가 접어놓은 삶의 모서리
누군가 밑줄 그은 생의 언저리로
오늘도 해 넘는 보랏빛 저물녘을.

구제의류점

소의 가죽이거나, 여우의 털이었거나
누에의 집이거나, 목화의 씨앗이거나
모시의 껍질이거나, 나무의 거죽이거나
석탄기 매몰된 유기물 잔해 나일론까지
구제의류점 내력은 갈취한 것들의 조합
무명, 견직, 모직, 모시, 합성섬유
그럴싸하게 포장된 말들의 패션쇼라고
고단한 세상살이 휘돌고 내걸린
구제매장 옷들이 주억거린다.

타자의 껍데기나 알맹이를 빼앗은
버리는 데도 에너지가 필요한 것을
작년에 산 옷이 올해 구제가 되고
어제 산 옷은 오늘 구제가 된다.
오늘은 내일의 구제가 되고
내일은 모레의 구제가 되는 연유로
묵은 무덤에 모시풀이 돋아나서는
한때의 구제舊製로 하늘거리는 연유

의심하지 마세요.

저 옷은 누가 입었던 것일까.

나들이에 기껏 한 벌 입는 옷

세월의 잔등에 켜켜로 쌓아둔

누군가 걸쳤던 덕석 아니던가요.

지나고 나면 누구나 구제랍니다.

도마뱀

산밤나무 밑에서 알밤을 주웠는데
꼬물거리는 도마뱀 꼬리도 주웠다.

산밤나무 밑에서 일 저질러버렸네.
밤톨에 집착한 나머지
남의 꼬리를 뜯은 기억이 없네.

헛것에 눈먼 탐욕과
콩깍지 씌운 집착에 대하여
손바닥에 꼬물거리는 햇살 꼬랑지.

한 번이라도 누군가를 위해
가슴 한구석 서슴없이 떼어주고
아무 일 없다는 듯 사라져 봤니?

한 번이라도 누군가를 위해
마음 한 자락 망설임 없이 깔아놓고
별일 아니라는 듯 바라보았니?

몸뚱이 한구석을 떼어주고

미련 없이 사라져버린 도마뱀

아픈 만큼 개운한 자유에 대하여.

터미네이터

추석 연휴 동안
특선 영화 터미네이터를 보았다.
검문을 통과할 때는 경찰관이 되고
누군가를 유인할 때는 어머니가 되는
손이 칼이나 몽둥이로 필요한 양태나
간호사의 자애로운 손길로 변용되어
해체와 조합마저도 제 맘대로 하는데

장독대 어머니 정한수에 둥근
달이 홀로 빠진 본질을 보았네.

추석 연휴 동안
효성스런 척 자식의 모습으로
자애로운 척 가장의 모습으로
잘나가는 척 직장인의 모습으로
나와 또 다른 나의 역할로의 전환
실체와 양태를 오락가락하는 혼돈
엎치락뒤치락하는 터미네이터

달 속에 일가붙이들이 모여 앉아서

고물고물 송편을 빚거나 철질을 하면서

고단한 삶의 둑길을 애써 감추고 있다.

나와 또 다른 내가 수시로 교차하며

장독대 정한수에 빠진

터미네이터의 본질.

빙판에서 자빠지기

싸락눈 살포시 내린 골목 언덕
은둔한 빙판에서 호되게 넘어졌다.
아득한 정신은 희뿌연 형상으로 돌아온다.
가만히 엎어져서 신체 부품들을 확인한다.
차가운 얼음과 맞부딪쳐 얼얼한 볼때기가
냉랭하게 제자리로 돌아오는 동안
까마득히 먼 하늘에서에서부터 눈송이가
당첨되지 않은 복권 숫자처럼 쏟아진다.
사행성 사기에 가까운 빙판은 살짝 덮인
싸락눈 아래서 복권처럼 사기치고 있었다.

살아 있기에 온몸이 흔들렸다는 것을 안다.
흩어졌던 세포들이 제자리로 돌아오려고
방향을 전환하느라 온몸이 들쑤시는 밤이다.
시퍼런 멍 자국은 서서히 아래로 침잠한다.
몸뚱이 하나 제대로 간수하지 못하는 사이
몸이 알아서 순서대로 정리하듯이 사랑이여,
빙판에서 호되게 자빠져 보기를 권한다.

모든 것이 허공으로 흐트러졌다가

낙하산 타고 내리는 난쟁이 병사들처럼

제자리로 찾아가듯 그리움의 뼛조각들이

해체되었다가 다시 조합되며 내리길 권한다.

덤으로 권하건데 슬픔이여.

새봄이 오기 전에 빙판에서 호되게 자빠져라.

어느 방향으로만 단련되었던 언어들이

산산이 흩어져 자기장의 힘에 끌려

지남철에 늘어선 철가루 형상으로

또 다른 슬픔의 질서가

늘어설 것이다.

족보

인력공파 13세손 박 씨는 새벽마다
고가 철길 아래 인력시장으로 나가지만
돌아오는 모습을 본 사람은 없는
도시는 높다란 축대부터 쌓아 경계를 짓는다.
미세먼지와 뒤섞인 안개가 넘기에도 버거운
축대 후미진 담벼락 갈라진 맨 아래하고도
더는 나아갈 수 없는 수직의 벽 틈새에
나아갈 곳도 내려갈 곳도 없이 막다른 길
민들레는 새벽마다 널브러져 경계를 허문다.

길 건너 맞은편 인력 시장 빛바랜 간판들이
공사판으로 떠난 마지막 사람을 배웅하면
인력공파 13세손 박 씨랑 눈 마주친 몇몇
24시간 편의점 좌판에 해장 군락을 이룬다.
더는 어떻게 해 볼 수 없는 틈새가 아니야.
시멘트 축대를 타고 오르는 저 담쟁이넝쿨
하루치 노동 마친 이들이 간혹 흘리고 가는
달빛 오줌발로도 세상은 살맛나는 것이라고

축대 밑 틈새에 일가를 이룬 13세손으로

발길에 묻어왔거나 바람에 떠밀려왔거나

축대 틈새에 끼인 먼지들이 머금은

몇 모금 이슬방울 모양 동그란 씨를

한껏 펼쳐 보이는 민들레의 족보.

간격

5밀리 차창 통유리
간격이 너무나 멀다.
이산가족 상봉 생방송을 보며

금강산호텔 광장 관광버스 유리창에
유리遊離된 침묵 매달고 흔들흔들
출발하면서 삼일 간 상봉은 끝나고
성에로 붙은 눈물자국들이 따라온다.
관광버스 바퀴자국만 한 소통의 파편들
산새 날아간 가지마다 눈물범벅 생방송
채널 돌리면 웃음꽃 핀 개그콘서트 재방송
웃다가도 눈물 나는 반백년 단절된 길섶

아흔여섯 아버지 되짚어 가시는 길
보름 전 가신 영정 속 어머니 저승길
안녕한가. 금강산 상봉들이 내려다본다.
단체상봉, 개별상봉, 만찬상봉, 작별상봉
오색빛깔 현란한 상봉의 경계를 넘나들며

채널 돌리면 울다

웃음 나오는 이산가족 생방송

채널 돌리면 웃다

눈물 나는 개그콘서트 재방송

1센티 리모컨 자판

간격이 또한 멀다.

어판장에서

경매에서 유찰된 어판장 물고기라니
바다 쪽으로 흘긴 눈이 허여멀끔하다.
바다 경계까지 다가가 잘바당거리는
맨바닥에서 푸다닥거리던 시간의 부레
졸아붙어 다시 바람이 들어찰 기약 없이
어느 왕조의 갑옷처럼 낡은 비늘이
바다로 돌아가기엔 늦어버린 유찰의 새벽

활어에서 생선이 되는 것
경매사의 컬컬한 목소리를 넘나드는
도매인들 손가락 신호처럼 순간이라
낙찰되지 못한 시간이 푸들거리려도
아무 일 없다는 듯 안개 피어나는
바다로 돌아간 고래의 신산한 울음이
먼바다에서 환청으로 들려오는 아침
역겨운 비린내가 울컥 밀려왔다가
몇 점 비늘마저 휩쓸며 돌아서는
유찰은 바닥에 홀로 고인 비릿한 생각

바다로 나가는 길이 보이지 않을 때
폭풍보다 더 무서운 게 해무라던데
폭풍도 해무도 없는 새벽 어판장 파장
토해놓은 핏덩어리 느적거리는 뭉텅이들
밀물은 슬며시 밀려와 유찰된 흔적을
너울쩍너울쩍 끌어안고 돌아서는데.

두엄자리

함께 썩을 수 있는 것도 복이다.
기억의 잔해들이 켜켜로 쌓여
속울음 재우던 시간의 멍울자국
헤집으면 하소연으로 김 오르는
고구마 줄기처럼 이어진 호적초본
농경 이후 이야기 새긴 두엄자리다.
대대로 이어 날줄과 씨줄로 짜여
우중눅눅하게 절은 내력이다.

잘 산다는 거 함께 썩는 것이다.
일상의 보푸라기들 얽히고설켜
아옹다옹하고 남은 잔챙이들이
모여 썩다 못해 삭는 것이다.
함께 꼬물거릴 수 있는 것도 복이다.
대물림한 쇠스랑 발에 찍혀 오르는
켜켜로 쌓여 응어리진 세월의 귀퉁이
밑자락에 깃든 쥐며느리, 땅강아지들
봄동 누렁잎 그늘로 숨어들고 나면

두엄 파낸 자리 다시 바람이 채우겠지.

대를 이어 썩어갈 검부러기 쌓이겠지.

산새들 내려와 저만치서 갸웃거리고

아침 햇살에 마늘 촉들 기지개 켜겠지.

맹꽁이

석 달은 나무도
제 발가락 자르는 가뭄이더니
석 달은 매미들
반벙어리 되도록 이어지는 장마

스모그와 미세먼지들마저
제 무게 감당 못할 비만으로
날아오르지 못하고 고층아파트
중허리에 무리를 만들어 에두른다.

시멘트 축대 후미진 곳 도랑이지 싶다.
맹꽁이는 어디로 잠수 탔다가 되돌아와
먼 데 꿈자리까지 빗줄기 사이로 불러들여
고층빌딩 어느 틈새에 끼여 수작을 부리는가.

대대로 살았던 맹꽁이 죽지도 않고 또 온
밤새 불 밝혀 잠들지 못하는 마음만 고여
물도랑에 넘실거리는 마을

축대 담벼락 두르는 것 일도 아니지.
피난보다 더 빨리 밀려드는 건축공법
자고새면 개발 뒤 남는 고립무원지대
웅덩이마다 맹꽁이들 맹하게 모여
대를 이을 짝 불러 애태우다가
우련 밝아오는 여명 선산지기.

문명의 이기에 대응하는 서정의 몫

이재훈

문명의 이기에 대응하는 서정의 몫

이재훈

(시인)

　시의 풍경은 시인의 실존을 투과하여 구체적인 이미지로 구현된다. 이미지로 구현되는 공간에 대한 시적 인식은 '토포스topos'라는 개념을 통해 종종 설명되곤 한다. 토포스는 일종의 공간에 대한 철학이다. 여러 모티프들이 문학 속에서 자주 등장하거나, 특별한 공간과 장소를 시인이 즐겨 쓰는 시적 이미지로 다룰 때 토포스의 개념은 해명된다. 즉 공간 혹은 장소는 단순히 이미지로서의 역할만 하는 것이 아니라, 이미지를 선두에 두고 그 배면에 깔린 시인의 사유를 간접적으로 드러내는 역할을 하는 것이다. 시인이 선취하는 장소는 눈에 보이는 대로 그리는 게 아니다. 시인의 실존을 투과하여 이에 대한 사유가 이루어지고 난 후 구체적인 장소가 시인에게 들어오는 것이다. 그러므로 시인이 지속적으로 탐구하는 장소에 대한 탐색은 그 시인을 이해하는 데 중요한 기점이 되고 있다.

　이심훈의 시를 얘기하면서 토포스의 개념을 말하는 이유는 이심훈 시에 나타나는 장소에 대한 특이성 때문이다. 시인은 이전 시집 『시간의 초상』과 『장항선』을 통해 충정 지역을 장소의 중심에 놓고 시간과 풍경을 결합하여 '장항선'의 속도를 개성적으로 은유하는데 골몰했다. 이전 시집의 작업에서 시간에 대한 남다른 감각을 선보였는데 이를 대표할 수 있는 단어를 꼽으라면 '시절'이라는 말을 들 수 있다. 이는 이번 신작 시집의 시인의 말에 등장하는 시절을 통해 더욱 구체적이고 확고하게 시인의 의중을 엿볼 수 있다.

　이번 시집에서 시인이 얘기하고자 하는 바는 분명하다. 시인은 절기를 잊어가는 우리들에게 시간에 대한 감각을 일깨워주고 이를 통해 순화와 치유의 회복을 바라는 의지가 있음을 말한다. 장항선으로 대표되는 지역을 통과한 삶을 통해 인간의 시간을 다시 성찰하게 한다. 공동체에 대한 따뜻한 시선과 인간에 대한 위로를 전해준다. 따뜻하고 선한 시인의 시선은 사물의 이곳저곳을 천천히 바라보는데 이번 시집에서도 그러한 시선이 더욱 깊게 드리워져 있다. "한 칸 디디기엔 배고/ 두 칸 디디기엔 성글어/ 망설이다 한 칸씩"(「소리굽쇠」) 가는 방식으로 소요한다. 이 모든 것을 가리켜 시인은 '서정의 몫'이라고 했다. 이 서정의 몫이 어떠한 양상으로 채색되어 우리의 내면에 새로운 회복의 기미를 전달해줄지 따라가 보는게 이번 시집의 큰 의미이다. 시인은 가장 먼저 '자리'에 대해 골몰한다. 그러면 시인이 마련한 자리는 어떤 자리일까.

잘 익은 열매들은
높은 곳에서 낮은 곳으로
소리 소문 없이 내려앉는다.

다람쥐도 모르게 굴러가
가랑잎 덮고 고즈넉이 은둔한
상수리의 평화로운 자리바꿈.

실하게 여문 생각들은
더더구나 모나지 않아
마음 둔 자리 싹을 틔운다.

—「자리」 전문

시인은 평화의 자리에 모든 시적 대상들을 불러 모은다. 자연 속에서 숨 쉬는 모든 살아 있는 것들에게 평화의 공간을 경험케 한다. 자연의 위의는 순리를 따르는 데 있다. 순리의 마음이 평화의 공간을 발견하고 그곳에서 새로운 싹을 발견한다. 이러한 자리는 우리가 발 딛고 살아가는 문명과 대치되는 지점에서 발생하는 자리이다. 세계가 단순하고 고즈넉하고 은둔의 세계로 변화될 때, 즉 복잡한 세계가 단아한 세계로 변모될 때 시인은 문명의 세상에서 보지 못하는 새로운 '자리'를 발견한다.

이 자리가 시인이 이번 시집에서 탐구하고 고민해야 할 이상적 공간이며 시적 공간이라는 점을 첫 시를 통해 설파하고 있다. 소리 없이 싹을 틔우고 이를 지켜보는 생명의 장소에 시인은 자주 시선을 둔다. 시인이 발견하고 오래 바라본 시선이 시집 곳곳에 빼곡하다.

오랜 가뭄을 견딘 오이는 쓰다.
묵정밭 귀퉁이서 자란 개똥참외도 쓰다.
덩굴손으로 하늘 자락 움킨 오이덩굴이나
배를 땅에 대고 기는 오체투지 참외덩굴로
한해살이 목마름에서 우러난 쓴맛의 깊이
꼭지로 갈수록 더 쓰거운 공력이 되었다.

입맛 쓰기로 소태 씹는 맛이라더니

오이가 알고 꼭지에 쓴맛 몰아두었다.
개똥참외가 배꼽에 쓴맛 뭉쳐두었다.
삼복 불볕바라기에 축 처진 꼬락서니로도
구시렁거림 없는 푸새 것들 굳은 심지다.

쓴맛 좀 볼래? 함부로 말하지 마세요.
쓴맛 본 이야말로 말을 삼키거든요.
제 몸 쥐어짜 절로 고인 쓴맛의 내력
헛바닥도 이내 감당하기 어려워
깊숙한 안쪽 부위에서 감지하잖아요.

가뭄 끝자락 오이는 곱사등이다.
배꼽만 큼지막한 봉탱이 참외* 다.
하늘바라기 농투성이로 굽은 등짝에
씨앗 몇 톨 품은 쓴맛 다 본 생의 간극이
다리 뻗고 누울 수 없는 형상이 되어버린
오이, 참외 단물이 쓴맛이 되기까지
지난한 내력이 쓰디쓰게 고였다.

—「쓴맛의 내력」 전문

  쓴맛의 내력은 자리에 관한 깊은 성찰을 바탕으로 한다. 시
에 등장하는 오이, 개똥참외, 오이덩굴, 참외덩굴은 모두 땅을

지탱하며 생을 유지하는 채소와 과일이다. 이 식물들은 자연의 순리에 순응하며 제 몸에 자연의 이치를 운명처럼 각인시켜 놓는다. 그것을 상징하는 것이 바로 가뭄을 견디고 몸에 새긴 '쓴맛'이다.

가뭄은 얼마나 고되고 고통스러운 시간들인가. 식물들에서 열린 열매들은 이를 잘 안다는 듯이 고통의 산화물을 열매의 '꼭지'와 '배꼽'에 몰래 숨겨놓는다. 시인이 열매에 담긴 쓴맛의 내력을 헤집는 이유는 무엇일까. 그것은 쓴맛이 이루어낸 견딤과 오랜 공력의 시간을 기억하려는 감각 때문이다. 쓴맛을 간직한 열매는 우리 인간들이 먹는다. 쓴맛을 맛본 인간은 쓰다고 그 열매를 천시할 수 있지만, 그 열매의 내력은 그리 만만치 않다. 포기하지 않고 하나의 열매로(비록 쓴맛이지만) 성취하기까지 얼마나 긴 인고의 시간을 버텨냈었던가.

시인이 제시한 쓴맛의 내력은 우리 인간사와 다르지 않다. 쓴맛 없는 사람이 어디 있겠는가. "오이, 참외 단물이 쓴맛이 되기까지/ 지난한 내력"을 모두들 하나씩 가지고 있을 것이다. "씨앗 몇 톨 품은 쓴맛 다 본 생의 간극"은 시인이 얼핏 엿본 한 신산한 삶 하나가 통째로 시인에게 다가온 사건이다.

　　애지중지 키운 열매 거지반 떨구었네.

　　태풍이 흔들고 갔다면 그러려니 하지.

　　오랜 가뭄 끝자락 바람도 없는 날 잡아

곁뿌리도 우듬지도 땅강아지도 모르게
맨바닥에 널브러진 덜 여문 햇살뭉치들
거지반은 떨어트리느라 온몸 떨어댄 나무

털어야 할 것들을 그득 짊어지고
일상의 과원을 오고 가는 날에 본다.
멀쩡한 열매들 거지반 떨구어야 했던
고개 숙인 나무 보기 안쓰러워라.
가다가 돌아보니 면구스러워라.

애지중지 키운 열매 떨구어버렸어도
고만고만한 것 거지반은 남아 있는 사연
지나는 바람이 물어도 아무 일 없다는 듯
몇 마디 언어 삼키며 도리질하면 그만
안개도 못 본 척 스쳐 지나가기만 한다.

거지반 떨군 나무는
거지반 남긴 나무는
더 깊게 생각의 뿌리를 내린다.
홀로 서 있는 시간의 크레바스로
잔등 보굿딱지 저절로 갈라진다.

—「거지반」 전문

시인은 가뭄뿐 아니라 태풍에 대해서도 건강한 성찰을 이루어낸다. 시에서 거지반은 거의 절반이라는 의미이다. 나무는 태풍에 의해 "맨바닥에 널브러진 덜 여문 햇살뭉치들"처럼 남는 존재이다. 태풍에도 열매를 떨어트리지 않고 견딘 나무가 가뭄 끝자락 바람도 없는 날 스스로 거지반 열매를 떨어트렸다는 의미이다. 그러므로 태풍보다는 나무 스스로가 어쩔 수 없이 거지반 떨어트린 사연으로 봐야 한다. 시인은 이 모든 상황을 지켜보고 있다. "애지중지 키운 열매 떨구어버렸어도" 그러려니 한다는 삶의 태도를 견지한다. 그러려니 한다는 너그러운 용인의 태도는 시인이 궁구하는 삶의 태도와 닮아 있다. 우리네 삶은 "털어야 할 것들을 그득 짊어지고" 고단한 시간을 버텨내다가 환란 앞에서 무너지고 만다. 시인이 "고개 숙인 나무 보기" 안쓰럽고 "가다가 돌아보니" 면구스러움을 느끼는 것은 삶의 경험에서 나오는 습관 때문이다.

시인은 남아 있는 것에 대한 시선이 더 필요함을 역설한다. "고만고만한 것 거지반은 남아 있는 사연"이라는 무심한 태도는 남아 있는 것에 대한 생각을 표현하는 언사이다. 떨구고 남긴 나무는 무슨 의미를 담고 있을까. "더 깊게 생각의 뿌리를" 내리는 시적 성찰의 시간이 남아 있음을 '거지반'이라는 입말을 통해 우리에게 전한다.

떠도는 말이 꽃을 시새워

뜬금없이 꽃샘을 불러들였다.
내뱉은 말의 독이 품은 냉기로
피기도 전에 지는 꽃도 있다.

주접스런 뒷모습 보이기 싫어
가장 화려할 때 꽃차례 통째로
첩첩 접은 입술 떨구는 동백꽃
끝내 곁을 주지 않고 떨어져 버리는
동백이 지고 난 꽃자리에
붉은 말이 고인다.

증식하는 말이 진눈깨비 속설로 파다한
기억의 집적에 들러붙은 살얼음 무게에도
산산이 눈동자 흩트려버린 목련꽃
결코 곁을 주지 않고 날아가 버리는
목련이 지고 난 꽃자리에
하얀 말이 고인다.

뱉은 말이 부메랑으로 되돌아와
의식의 천장에 을씨년스런 박쥐로
덕지덕지 들러붙어 덧난 꽃샘이야.
일찍 져버린 꽃자리 면구스러워

햇살은 자꾸만 헛바늘로 돈다.

— 「떠도는 말」 전문

시인은 말에 대한 예민한 자의식을 드러내기도 한다. 세상에 떠도는 말의 서늘함과 독함을 '냉기'로 표현한다. 동백꽃과 목련꽃과 꽃샘으로 이어지는 의미 전개는 점층을 이루며 더 깊은 말의 메타적 사유를 보여준다. 동백꽃은 떠도는 말을 버릴 줄 아는 품을 가진 대상이다. 숱한 말을 겪고 난 자리가 꽃자리이며 그 자리에 "붉은 말이 고인다"고 한다. 목련꽃은 떠도는 말이 집적된 대상이다. 그 자리에 "하얀 말"이 고인다. 마지막의 꽃샘은 말에 의해 되갚음을 당하는 경우에 해당한다. 꽃샘추위는 꽃이 시샘하는 추위라는 말인데, 이 말을 비틀어 덧난 꽃샘으로 표현한다.

말에 대한 메타적 사유뿐 아니라 "누군가 접어놓은 삶의 모서리/ 누군가 밑줄 그은 생의 언저리"(「흔적」)를 그냥 지나치지 못하는 시인의 이목이 시집 곳곳에 가득하다. 게다가 "짐승의 길은 오르막이 힘겨워 보이고/ 사람의 길은 내리막이 버거워"(「길」) 보이는 삶의 성찰도 눈에 선하다. 성찰은 "한 평을 벗어나지 못하는 잠자리"를 '어둠의 고요'로 환치하여 "빛바랜 시간의 비늘"을 경험하는 시간을 살아낸다.(「독거」) 또한 산밤나무 밑에서 알밤을 줍는 도마뱀(「도마뱀」), 공터에 제멋대로 핀 코스모스들(「집으로 가는 길」), 빈집을 지키는 필라멘트 알전구(「필라멘드 알전구」), 24시간 문을 여는 조개구이집(「조개구이집 풍경」) 등을 통해 우리 삶이 누리는 장소 이곳저곳을 배회한다. 이곳뿐이던가. 잊혀져가는 절기를 소환하여 춘분의 산수유, 청명의 씨감자, 입하의 쑥개떡, 소만의 미나리꽝, 소서의 잡초, 입추의 싹, 백로의 강아지풀, 한로의 소슬바람, 대설의 눈무지 등등을 오래 응시하는 향연을 펼친다.

　　디덕 향 그윽한 갈참나무 숲
　　오래 묵은 독사는 뭉툭하다.
　　축적한 독의 내공이 깊을수록
　　길고 가느다란 수식을 군시럽게
　　달고 다닐 필요가 없다는 뜻이다.

　　밀착 취재로 상대의 체온까지 탐닉한
　　날름거리는 헛바닥의 이중직관 구조

　　담백한 언어로 주변 빛깔과 융합해버려
　　보는 방향을 알 수 없는 허여멀끔한 응시

　　언제든 튀어나가 맹독을 뿜어낼 수 있는
　　떡갈나무 아래 똬리사린 상상의 언어들

상황에 따라

사르르 풀려나가는 은유

당겨진 시위로

바람을 모으는 독의 상징

쉬이 덧칠할 수 없는

꽃무늬에서 풍기는 환유

무덤덤한 시공마저 신화로 얽어

저만치서 해바라기하는 까치독사

산을 내려오다가 문득

뭉툭한 수사에 소름이 돋는다.

—「묵은 시인의 사회」전문

위의 시는 시인의 시관詩觀을 읽어낼 수 있는 메타시이다.
오래 묵을수록 화려함을 숨기고 뭉툭하게 세상을 바라본다.
이것은 시인에게도 마찬가지로 적용된다. "날름거리는 헛바
닥의 이중직관 구조", "보는 방향을 알 수 없는 허어멀끔한 응
시", "똬리사린 상상의 언어들", "사르르 풀려나가는 은유",
"바람을 모으는 독의 상징", "꽃무늬에서 풍기는 환유"는 모두
화려한 수사적 기법들이다. 시인은 이러한 수사도 더 오래되

면 오래될수록 내공이 쌓이면 쌓일수록 뭉툭해진다는 것을 일찌감치 알아버렸다. 시인이 느낀 소름은 마지막에서 그 진실을 감지한다. "무덤덤한 시공마저 신화로 얽어/ 저만치서 해바라기하는 까치독사"를 보며 무덤덤한 것이야말로, 시인의 뭉툭한 수사야말로, 더욱 신화가 되는 일임을 직시하고 있다.

모로 누웠거나 물구나무섰거나
하늘 쪽으로 자란 연노랑 무 싹
곰살궂은 바람이 겨우내 똬리 튼
무구뎅이 속에서도 돌던 초침이다.

은둔한 시간에서 싹을 밀어 올리고
생장점 근처 수염뿌리 몇 가닥 키워

웃자란 싹만큼 푸석하게
바람 든 무에게서 본다.
아흔다섯 어머니 삭신에
숭숭 들어버린 바람의 책력.

　　　　　　　　　　　─「바람의 책력」 전문

　우주의 운행을 담은 책이란 의미에서 책력은 우주를 향한 인간의 모든 지혜를 집적한 상징과도 같다. 책력을 바람이라는 시적 대상을 덧입히는 순간 우리는 바람의 형상화를 통해 우주의 몸짓을 슬몃 엿보는 기회를 가진다. 무는 겨우 "연노랑 무 싹"을 키워내고 "은둔한 시간에서 싹을 밀어 올리고/ 생장점 근처 수염뿌리 몇 가닥"을 키운다. "바람 든 무"의 생애를 깨달은 우수의 계절에 시인이 바라본 것은 "아흔다섯 어머니"의 삭신이다. 바람든 무와 어머니 삭신은 한 생애를 온몸으로 투과해낸 실물이며, 우리 모두가 결국 맞아야 할 인생의 계획과도 같은 것이다. 이 '바람의 책력'은 누구나 알고 있는 사실을 다시 한 번 되새기는 지혜의 말이다. 바람든 무와 아흔다섯 어머니 삭신은 신의 한 수처럼 서로 습합되는 유비의 과정을 보여준다.

시인은 결국 무엇을 바라는가. 시인은 "나와 또 다른 내가 공모하도록/ 한 번만 눈감아 주세요"라고 하거나 "서성이는 주변 것들과 혼음하도록/ 한 번만 못 본 척해주세요"(「시인」)라고 속삭이듯 외친다. 시인의 이 속삭임에 지상의 모든 존재들과 우주의 모든 사물들이 시인의 부탁을 들어줄 것만 같다.▨

| 이심훈 |

충남 부여에서 출생하여 천안에서 살고 있다. 1988년 시집『못 뺀 자리』로 작품 활
동을 시작하여 2003년 격월간『시사사』로 등단했다. 시집으로『안녕한가 풀들은 드러
눕고 다시 일어나서』,『시간의 초상』,『장항선』이 있다. 웅진문학상과 충남문학대상을
수상했으며, 한국문예진흥원문학창작기금을 수혜하였다. 현재 아산교육지원청 교육장
으로 재직하고 있으며, 격월간『시사사』공동주간으로 활약하고 있다.

이메일 : simhun@cne.go.kr

바람의 책력 ⓒ 이심훈 2018
───────────────────────
초판 인쇄 · 2018년 12월 10일
초판 발행 · 2018년 12월 15일

지은이 · 이심훈
펴낸이 · 이선희
펴낸곳 · 한국문연

서울 서대문구 증가로 31길 39, 202호
출판등록 1988년 3월 3일 제3-188호
대표전화 302-2717 | 팩스 · 6442-6053
디지털 현대시 www.koreapoem.co.kr
이메일 koreapoem@hanmail.net

ISBN 978-89-6104-227-7 03810

값 10,000원

* 잘못된 책은 바꾸어 드립니다.

* 본 도서는 충청남도, 충남문화재단의 후원으로 발간되었습니다.

이 도서의 국립중앙도서관 출판시도서목록(CIP)은 서지정보유통지원시스템 홈페이지(http://seoji.nl.go.kr)
와 국가자료공동목록시스템(http://www.nl.go.kr/kolisnet)에서 이용하실 수 있습니다.

(CIP제어번호: CIP2018039592)